我也曾经年轻过

易浩诗集

易浩——著

华龄出版社
HUALING PRESS

图书在版编目（CIP）数据

我也曾经年轻过 / 易浩著. -- 北京：华龄出版社，2021.11
ISBN 978-7-5169-2153-1

Ⅰ．①我… Ⅱ．①易… Ⅲ．①诗集－中国－当代
Ⅳ．① I227

中国版本图书馆 CIP 数据核字（2021）第 271268 号

责任编辑 薛治 彭博　　责任印制 李未圻

书　　名 我也曾经年轻过　　作　者 易浩 著
出　　版
发　　行 华龄出版社 HUALING PRESS
社　　址 北京市东城区安定门外大街甲57号　　邮　编 100011
发　　行 （010）58122255　　传　真 （010）84049572
承　　印 山东韵杰文化科技有限公司
版　　次 2022年4月第1版　　印　次 2022年4月第1次印刷
规　　格 787mm×1092mm　　开　本 1/32
印　　张 8.5　　字　数 35千字
书　　号 ISBN 978-7-5169-2153-1
定　　价 59.00元

序

平行世界的另一个父亲

易小荷

已婚 17 年的斯特里斯兰德，某天突然从自己的生活中消失不见，如同平地失踪，家人和警察彻查了许久，才发现这名循规蹈矩的伦敦证券交易人之所以抛妻别子，与过往的世界切割殆尽，并非是有了外遇或者遭遇什么不测——他只是去画画而已，并从此一去不归。这个故事来自于毛姆的小说《月亮与六便士》，作为一部广为人知的名著，人们早已知晓斯特里斯兰德的原型便是印象派画家高更。

我大胆揣测，父亲生命中一定有某些时刻意图效仿斯特里斯兰德（或者说高更），更换一个完全不同的生活，浪荡江湖四海为家，怀中揣着的笔记本（此处的笔记本之后并无电脑二字）被体温焐到滚烫，里面的分行文字混合了激情和悔恨，疯癫和苦痛，狂喜和悲情——是的，我的父亲在自己所栖的中学教师皮肤之下，一直有个诗人的梦想。如果不是我和姐姐小时候足够可爱，母亲足够温柔美丽，或许他早就抬头去看月亮，而抛弃了庸俗的六便士；又或者父亲没有离家出走，是怯于走出惊世骇俗的一步……当然这一切都是我的幻想，不过我毫不犹豫地肯定，父亲深藏的挚爱一定是诗歌。无疑，世俗生活才是他出走的半生，如今年过七旬，他终于一头扎进诗歌的怀抱，再不回头。

从世俗的角度旁观，父亲的一生就是做一名普通的教师，他努力工作，教书育人，吃着粉笔灰养家糊口。但是每到夜晚他把窗帘合上，打开台灯，摊开纸笔，他就开始独自和他的上帝交流，他念念有词，勾皴点染，虔诚地写下诗篇，他像仓库保管员一样小心翼翼地整理它们，又分门别类地摆放在一起。在我看来，他对待诗歌有种教堂执事般的神圣感，字句涂抹勾画，用心如蒙圣恩。

父亲不知道的是，我永远都记得儿时半睡半醒之间，瞥见他托腮改诗的背影，以及他和诗友在小城昏暗的路灯下，激昂地讨论着一个形容词该如何使用的样子。彼时斗转星移，家国巨变，这群人遗世而独立，他们是遗留在上世纪八十年代的诗人。多年后我突然意识到，自己的文学道路并不仅只是兴趣选择，更有来自家庭的影响，父亲将对文字的热爱，默化于我身上。我相信自己是他的使徒，在中国和美国跋涉，给国人介绍 NBA，书写弱势群体的命运，所传播的也是他熙育于我的福音书。

如今不再是属于诗歌的年代，诗意以及诗艺如同卡夫卡笔下的“饥饿艺术家”，已然成为古早的遗存，我对父亲说，“这个世界不怎么需要诗歌，也没人想读诗歌。”但早已出走到诗歌国度的父亲并不回头，退休后日复一日，对着缙云山写了几百首诗，结集成为这本小书。这本书让我看到另一个父亲，似乎来自平行世界。在诗歌的国里，苍颜白发的父亲就像凸透镜下的火柴，只要有阳光，他就能自发燃烧，他在这个世界之外，创造了一个新世界，在那个文字分行的世界里，权柄和荣耀都属于他自己。

目 录

遣怀 | 吟唱

私语 | 箴言

世相 | 状物

四时 | 辰光

远足 | 观照

旧作 | 重刊

遣怀 | 吟唱

即便岁月掩住了歌喉
野鸟也不曾停止吟唱

夜行

冬天的夜很长
比白天还长
西风猎猎地吹
吹来一片冷飕飕的寒凉
四周是无边的浓黑
即使九眼桥闪烁着明灭的灯光
听不到一丝儿声音
哪怕是一声鸣笛嘶哑的声响
有夜行者吗
人定后大多都沉入了梦乡
天上是看不到星星的
更没有看到我张望的月亮
我住在高高楼上
难以入眠
只得在阳台独自彷徨

有什么即将到来

十一月正在膨胀

我看见易山[1]正猫着腰

穿行进明灭不定的光芒

[1] 易山：作者以前的笔名。

巴山

夜行巴山下
尽情沐浴十里融融月华
草丛小虫轻轻低吟
送我惊心动魄十丈紫藤花
远方有黄角兰的暗香浮动
近处岩壁上静悄悄探出小喇叭

此时我遥想天上街市
游人是否还那般浪漫潇洒
地摊摆到酒仙桥了吗
是否人间的烟火又笼罩了寻常百姓之家

我欲携来嘉陵江中之水
泡一壶新上市的明前永川秀芽

即使有讨厌的蝉声聒噪
也撼动不了路边木棉红似霞

与隔空的诗人浅吟低唱
不经意夜露湿了鬓发

独钓

夜空未飞雪
北风萧萧冷似铁
虽已着羽绒
手脚仍冻裂
银杏裸无衣
蒙蒙细雨下又歇
江山正褪色
雏菊哀切切
犹抱香枝老
其殒也壮烈
高速公路车辆稀
幽幽小径人迹灭

有人不解寒
独凭锦江钓冷月

茫然

梨树飘雪
海棠摇红
柳丝儿长长
欲向青海缚苍穹

我是天上一片云
任意南北西东
我是悬崖一棵草
生长在石缝
我标点般的生命
早明了轻重
所幸生于天地间
能享东风
淡然看那百花
且开且凋零

世事如棋局

可笑陷其中

不如装一葫芦春色

比酒还浓

暮雨初歇

暮雨初歇
层层夜幕隐秋色
眼底梧桐流清泪
道旁银杏坠黄叶
世人依旧红尘里
马鞍溪流声呜咽
紫荆开花花无香
银桂初绽冷香雪
青木古关俱往矣
梅花山葬将军血

待夜幕拉开
与老伴含笑仰望缙云月
但愿长相守 不似嫦娥
碧海青天伤离别
睡前一吻
胜却多少虚幻佳节

莫生病

老来莫生病
生病受煎熬
每天输液几大瓶
每次吃药若干包

稍事动弹冒虚汗
黑色飞蛾眼前绕
可怜美食难下咽
肠胃皆不好

站着就想坐
坐着就想卧
卧着就想倒头睡
倏忽之间睡着了

睡是我的宝

梦里没有痛苦与烦恼

春风吹进小轩窗

欢乐知多少

闲适

点燃黄鹤楼
泡上滇红茶
手持苹果机
四海也通达
身在巴人地
何须话桑麻

缙云有雨白云飞
嘉陵向东不喧哗
架上荼靡情未了
墙边又开一簇花
弱柳已老难随风
南城烟雨湿万家

不向风中行
冰雹落平沙

躲在小楼自由吟
无人点赞我自夸

笑看诗社争正统
垒起山头称大家
尔曹声名今何在
不如淡泊看晚霞

等待

这段时间怎么了
一会儿阴雨 一会儿雾霾
难以快快乐乐出行
去领略一下初夏的风采
看菡萏出水的娇柔
看南风给予麦穗的厚爱
看草头挂着晶晶的露珠
看桑葚露出溜溜的脑袋
然后拍几张风姿绰约照片
懒散散倚在青山夕阳之外

希望天蓝如海
夏来了春花还在

月季情深深地红

荼靡浪涌涌地开

为了一个好日子

——我在耐心等待

昨夜

昨夜雨骤风又狂
老太急关窗
拔掉电源线
紧拉窗帘遮电芒
可惜闪电太汹汹
霹雳声声轰房梁
惊惶惶
捂耳躺上床
阵雨三起又三落
折磨有点长

满地落叶与残枝
蛮荒旧战场
晨起踏清凉
五月蝶来
花开依旧忙

心情

终于出太阳
心情忒舒畅

含苞花儿又芬芳
重重绿叶闪霞光
几日阴霾天低树
窗前缙云懒梳妆
刚来寒风又复去
轻烟薄雾笼大江
今日阳台又听莺
燕尾剪得柳丝长
蝴蝶翩翩舞
蜂停花蕊上
梨花已先雪
晚樱又开忙
梧桐遮楼暗

桃花落阶香
野草侵小径
油菜留余黄
几支月季如红烛
一树李花压海棠
暖阳催绽风铃木
翠竹千竿压粉墙
门前红旗迎风展
楼下稚子歌飞扬

我怀逸兴踏春行
老友相逢道吉祥
坐看美女身旁过
一任春衫透清凉

无声叹息归去来
已是西天坠夕阳
夜来做个有色梦
青春伴我回故乡

走着

走着走着没路了
走着走着天已晚
决计不做回头客
停下来
待明天
若是大山拦
有路就登攀
无路则绕行
不学愚公去移山
前人路犹在
相邻路平坦
山不转来路要转
大山深处有人烟

人生如逆旅
命就劳碌汉

足前有路心踏实
最怕走入桃花源
不知魏晋
只道天下是秦汉

暮行

不管牡丹花正好
暮行也关小轩窗
不知小鸟啼什么
蓬蓬梧桐枝丫挂夕阳

疏篱桃花开
嫣红出海棠
梨树孕苞含羞涩
坡地油菜枝枝黄
白玉兰花粉如雪
菩提树下正好话衷肠

又听汤汤嘉陵江
不敢妄议显轻狂
夕阳西坠也
西天挂着一轮红月亮

夜明星辰稀
人行少匆忙
只道去年霜满地
不觉今昔转微凉
人生如苦旅
完全靠坚强

谁料曾经荒芜地
春风吹草每自长
初春时节意却浓
酣睡也能闻群芳
但愿老朽生双翼
春天任我去徜徉

我不悲伤

我不悲伤
毕竟现在还享受着温暖的阳光
沉醉千朵万朵压枝低的杜诗
谁又能体会杜工部老病孤舟的凄凉
即使有白鹿放在青崖间的豪放
也捉不住水中虚幻飘渺的月光
太多的忧思难以释怀
举身一跃而投进波涛滚滚的长江
我想起我以我血荐轩辕的满腔豪情
我路过崇文门耳边响起的泣血悲壮

在诗歌浸润唐砖汉瓦的年代
一只山歌也能留下优美的华章
我从来不会轻贱我自己
论学历当然可以端坐在王朝的庙堂
可怜几十年粉笔生涯

到老也只留下羞涩的行囊
我不怨恨天道并不酬勤
因为我
只不过是腹藏几滴墨水的江郎
闲来不会抚琴
只会对着文字推敲几行
慷慨悲歌也不过是菩萨心肠

有人讥诮我爱唱甜蜜的歌儿
为我设下重重的路障
走得辛苦行得艰难
至今仍在诗的大门外踯躅彷徨
只得将心愿寄予后人
盼望她能够手绘华章
这心底编织的玄幻如果成真
我愿做缓缓西下的夕阳

碎碎念

不怕老虎发脾气
就怕老伴碎碎念

她念昨晚睡不好
总是辗转难成眠
又念血压不稳定
波动超过警戒线
又念长流迎风泪
不知啥时得鼻炎
还念牙龈常松动
吃饭总是难下咽
时常百度去搜索
感觉人生多风险

早晨念，中午念
一直念到吃晚饭

或是有空做保健
三天两头到医院
我说人身如机器
已经运转几十年
大多都是老年病
不如心静循自然

老夫已经奔八去
听多唠叨心情烦
即使有如风过耳
不敢应声苦难言
血雨腥风垂老时
我在家中坐枯禅

我欲询问创世神
为何老年多病患

无言

一会儿阳光明媚
一会儿风狂雨骤
也许我的步子太慢
总赶不上疫情防控的节奏
一会儿紧一会儿松
不知这日子何时能够到头

对着美颜所生的六月之霜
让我脆弱的心一阵阵难受
不能好好的说话吗
呵斥绝对展示不了道德的高度
人人都变成了一座孤岛
亲朋邂逅反是疾足而走

我看狮子峰特别亲切
我觉着小狗是真朋友

什么时候都不离不弃
默默地把我执着守候
我无言地自锁在阳台
看缙云月落日升如旧

故乡

少小求学龙门镇
青春就读川东方
退休刚来深圳住
又要急急去北方
两地居住大不易
无奈起居歇马旁

来去奔波苦
两鬓成秋霜
乡音依旧在
习俗难更张
谁个解得游子意
道路阻且长

我身多漂泊
心安即故乡

暖意

添一丝暖意
真的　觉得很好

我看到金鱼悠游处
有半梦半醒堤边草
鸟儿窝里梳羽毛
连西风也是静悄悄
秃枝无语着蓓蕾
蜜蜂也来人前绕
雪梅逐渐凋
小溪缓缓过小桥
少年玩奇巧
闹嚷嚷踩着高跷

我是天亦老
今日起得早
是谁在我耳边
说到春将晓

昨日

昨日冬阳照
今夕起寒潮

蓝天霎时阴沉沉
青山云缠雾来绕
严寒山巅倾泻来
飒飒西风起林涛

不敢出门寻自在
树上蕙雪还未消

维持瓶梅开
精心把水浇
因那悠悠寒蕊香
助我诗句频推敲

犹是黄昏送雪雨
一杯小酒也喝高

鸳鸯被犹在
可惜书生老
暂且窖藏一段情
等待月明花正好

寒夜

何事惊我早起床
窗外一片夜苍茫

不见天上星星闪
不见床头明月光
什么鸟儿拣尽寒枝不肯栖
什么虫儿草头霜下停吟唱
只闻寒雨频打灯
暗影千重笼冰霜

早已消磨少年狂
不敢卷帘开小窗
害怕西风溜进来
冻我养在瓶里的雪梅香
于是钻进绒被下
梦与妻女
悠游西湖荷长廊

静思

潮起又潮落
雾浓又雾散
花谢繁枝后
月满便月残

粗茶与淡饭
吃得反香甜
进餐留下三分饥
穿衣留下一份寒
平平常常健康过
不慕鸳鸯不羡仙

老夫闲坐小溪边
不钓鱼鳖钓清闲
海棠香消兴未了
又把梅花看

遣怀

青壮奔波忙
哪有闲暇去游逛
如今广场歌悠扬
热舞大多俏夕阳
老夫虽有长袖在
偏偏是舞盲

任是西风吹不败
冬开一支秋海棠
白雾罩山岗
缙云好迷茫
多想邀故友
却怕新冠再猖狂
只能沏上一杯碧螺春
消得纳兰泼茶香

大雾

雾失楼台
更难见 崔嵬狮子峰
不闻车马喧
行人影曈曈
极目隐隐谁家树
疑是重帘锁住海棠红

早市楼空
无奈静坐阳台东
读一段野史
训一个蒙童
折一枝梅花
泡一杯茶浓

玉宇何时能澄清

唯待西风

老妻闲不住

咕咕复哝哝

嫉妒

高山不嫉妒低地的平坦
大海不嫉妒池塘的微澜
巨树不嫉妒小草的摇曳
夏蝉不嫉妒秋虫的咏叹
明月不嫉妒蜡烛的微光
蓝天不嫉妒绿色的山峦
雄鹰何曾觊觎枭鸟口中的腐鼠
大象何须点赞蝼蚁跋涉的勇敢

能飞翔的鸟儿从不嫉妒笼中的静好
能自由呼吸绝不羡慕戴着镣铐的安全
只有既得利益者才感到幸福满满
逢人便夸耀自己洁净温馨的猪圈
我是一个站着行走的人哪
命运注定着我迎风冒雨面对严寒

自度曲（1）

当年携手处
而今枫叶依旧红
薄云半遮月
屋内虫打灯

你在偏僻山村
手搭凉棚
我在釜溪河畔
凝望苍穹
咫尺是天涯
心事千千重

半个世纪才相逢
都成白头翁
怕月亮偷觑
不敢拥

自度曲（2）

当年邂逅处
山乡小晒坝
你歌犹如天上来
我却把二胡乱拉
凉风送来荷花香
月下荷塘笼轻纱

暑假结束你回城
送你送到打铁丫[1]
默默无语挥手去
不知多少心里话

我在龙门读高三
你却寄来相思帕
一场大雪颂红梅
从此咫尺成天涯

时间何曾等过谁
信息不通各安家
只恨北风不解情
吹落庭前黄菊花

[1] 打铁丫：地名。

时光

时光太匆匆
转瞬已成白头翁

曾经窈窕的小女孩
而今体态变臃肿
曾经健壮的小伙子
而今佝偻拄杖行

我是人间天亦老
步履蹒跚也从容
从来不谈当年勇
一朝顿悟身轻松
飘飘欲仙去
蓝天白云中

老伴闲坐说铜梁
依山傍水绕青松
佛果转世从头来
只愿无阴也无晴

嘉陵落晚霞
把酒酹长空

茶叙

谢谢惦记谢谢关心
我平安顺利到家了
正躺在摇椅上凝思着白云
一会儿聚一会儿散
倏忽散聚真让人捉摸不定

和老同事相约茶叙
喝淡了远大港湾的黄昏
和老朋友相逢茶叙
喝浓了茶杯中的中外古今
和老学生相聚茶叙
总爱把往事细细掂量重温

来时我背着空空行囊
去时带着沉甸甸的初心

虽说我已两鬓斑白
萌动又让我重新振奋

七十多岁算不得老人
霜降了也算不得寒冷
小路旁菊花开得正艳呢
而梅枝正酝酿着高标遗韵

来不及恢复疲劳洗去风尘
我又微笑着
在马鞍溪畔行吟

希望

小径不知深几许
寻路的脚下或高或低
记忆绝不是那本发黄的日记
往事哪堪提起
我只好把它
锁进岁月的抽屉
几十年我走遍了南北东西
暗夜中的灯火却无处寻觅
身世如萍又那堪疾风暴雨
难怪春花开放时总含着泪滴
草丛中的小虫突然屏住气息
而蝉又吵闹得我没有了脾气

还是满头白发的妻子善解人意
扶我倾听缙云山粗犷的呼吸

带好雨伞

起风了
天空中有黑云翻卷

不要管桂花开放
香飘在谁家庭院
不要管寒露
挂在柔嫩的草尖
不要管山上的野菊
摇曳着一片淡蓝
不要管摇篮中的幼儿
洋溢着甜蜜的笑脸
不要管路旁的银杏
挺拔着光秃秃的威严

要下雨了
只管带好雨伞

感慨

不到老不知道老时的艰难
不到老谁都可以是英雄好汉
可以挥挥手笑傲江湖河海
可以笑一笑跋涉名山大川
你可否理解年近八十的老人
你可读懂诗圣老病孤舟的浩叹

老了迈出一小步也会颤颤巍巍
老了转转身子头上也冒出虚汗
上公交车双腿如有千斤沉重
下梯坎老伴扶着也动作缓慢
当别人穿着 T 恤迎风而行时
我却已穿着笨重的衣服防寒
灯泡坏了只有仰望头顶的墙壁
想开空调无论如何插不上电源

老了真的是百无一用啊
一点小事也觉万般困难
老了是衰老了所有器官
即使免费也不敢去做体检

但是我依旧壮心不已
每天与缙云山展开一场迟到的黄昏恋

下海

那是一个疯狂的时代
各行各业都争着下海
面对寒碜我寂寞难耐
也想去赚取一点补贴家用的外快

我提一个皮包坐于茶房
以为这是稳稳当当的钓鱼台
各种消息纷至沓来
荒谬得连军火都有买卖
我曾提着钞票应邀而去
差一点在荒野被人杀害

我的诗已笼罩上雾霾
我的书架已布满尘埃

猛回头我惊起一身冷汗
一枕黄粱美梦终于醒来

小民就该有小民的觉悟
生在陆地就别惦记着下海

开窗（外二首）

开窗

快快打开窗门
释放掉屋内的异味与郁闷
也许会吹进风
吹进落叶与寒冷
也许会飘进雨
飘进不知名的蝇蚊
也许是风的流动
屋内便多了自然的清新

我常矗立窗前
聆听风的声音
有震天的怒吼
有潺潺的流韵

有慷慨的高歌

也有温柔的低吟

开窗

我才领略了自然

才领略到冬夏秋春的完整

末伏

今日已进入末伏
不远处蹲着一只秋老虎
你们那里还热吗
是否还像笼罩的火炉
我这里已经微寒
有点像进入深秋
那小银杏的叶子已经泛黄
全然不顾她们威严的皇后
早晚已凄神寒肌了
哪还敢将身体裸露

我看你那里气象预报
似乎还有好些天 39 度
我们心有戚戚焉
避暑的行动还不能结束
我们会回来看菊花的

回来品赏金桂银桂的香气馥馥
请不要责怪我们独善其身
没与你们同甘共苦
原谅我们的老而无力吧
极度的冷热我们已经受不住

如果我为天帝
定将两处气候相糅
金佛山少些寒凉
深圳湾少些酷暑

山中蝉声

山高了鸣蝉也少
自然也便少了嘶哑的喧嚣
蝉声中出现的是柔和
也似乎多了凉爽宜人的味道
山上常常刮着大风呢
小小虫儿怎能抱得住摇晃的树梢
它不过是炎热的私生子
冷静之后谁能谱写出激昂的高调
许是它厌倦了整日的热血沸腾吧
毅然转身投入大山里宁静的怀抱

照相

在这里不怕太阳
有树荫便有阴凉
漫步在山阴道中
大山送我蝉儿的浅吟轻唱
连绵的高山起伏如波涛啊
山上的天空有如蓝色的海洋
海洋中有扬着白帆的小船呢
小船忙着收获海洋中的宝藏

有呼呼的清风入松啊
竹露不再滴着清响
小叶杨的绿叶翻卷着亮光
厚重的深绿间着新生的嫩黄
老太婆眼底都是风景
每走一步都想要停下照相
她总是露出小女孩天真的微笑

还换穿不同颜色不同款式的衣裳
我深信凡是有老太婆的家庭
老头子都成了摄影拍照的内行

犹记她正该读书的年纪
却洒泪离开父母插队偏远的山乡

驿站（外二首）

住一宿
便是奢侈的休闲
与她萍水相逢
言深而交浅
离别一笑嫣然
惜被山风吹淡

七月别无花开
只有一支野百合
独占绿色的山坡
绽放着孤独的娇艳
可惜狂风不解风情
将它生生吹断

虽然我心怀眷恋
但这里只是驿站

高山上

七月的高山上
没有姹紫嫣红
只见伶仃的野菊花
还相伴清晨的凉风
峭壁上绿色覆盖绿色
座座青峰插入苍穹
那聚散依依的雾气
装点了群山的玄幻与迷朦
记得昨夜那场小雨
到天明便离去无踪
谁去看梦话的早间新闻
不如聆听峡谷水声淙淙

我斜拍栏杆
吐纳翠竹青松

山风

一夜呼啸
我才知道山风并非那么纯良
不只是凉爽
不只是温情脉脉的小姑娘
山居的日子
目睹了她的愤怒她的疯狂

吹折的岂止是无力枯枝
吹落的岂止是病态的落黄
连大树也被连根拔起
巨石滚落在高高的山岗
那是谁家屋顶被开了天窗
那林涛的吼声
如嚎叫的千万只野狼

所暂住的砖房

如一叶小舟在大海中摇晃

大风起兮云飞扬

我自笑看坐在山顶上的一轮晨阳

看天

山居的日子
我喜欢看天

别看天空的几朵白云
是那般的静柔与悠闲
别看天空都是蔚蓝
常表演着瞬间变脸
别看只是几丝乌云
却能够慢慢把天空霸占
当乌云涌起的时候
倏忽间便掣起血红闪电
当轰隆的炸雷劈来时
我只能关好户牖拉上窗帘

我很想登上山顶

可天空还是离我很远

梦中我成了一朵云

长久地依偎在她的身边

看水

把石岩渗出的水滴导入水缸
从小我就鲸饮这玉液琼浆
后来迁徙至坡峦起伏的平原
打渔船一根竹篙掠过烟波江上
我看过嘉陵水奔腾着流入长江
我看过浑浊的黄河咆哮着向东奔忙
我看过大海的碧波如笑
也看过她愤怒地掀起连天巨浪
我看过随风入夜的春雨
催生了万紫千红百花齐放
我看过洪水滔滔
一夕之间把良田变成泽国汪洋

我曾把童年泡进了螺溪河
也曾在龙门中学编织过美好的梦想

我曾跋涉过千山万水
而今已是老态龙钟满面冰霜
何当载酒而去烟波浩渺
共话风雨如晦的当年寒窗

看山

我是大山的儿子
与山结下了不解之缘

我看过如白玉盘的明月出现的天山
苦苦地去寻找过世间那一朵纯洁的雪莲
我曾夜宿峨眉寒冷的金顶
特为去听那寺僧早课禅唱的悠远
我曾去过鲁智深的五台山
寻遍每一间禅房
也没见到他倒拔垂杨柳的尊颜
我曾去过香山看红叶
听长城呼啸的风讲诉故都的风云变幻
我也曾暂住在大巴山麓
夜雨听我絮絮叨叨对亲人无限的思念
我也曾去过香火鼎盛的黔灵山
猴子成群结队眼巴巴拦截在路边

我也曾登小天下的泰山观日出
苍茫的云海中弹出一颗标点般的红丸
我曾怀拳拳之意去黄山访友
迎客松旁仅留下我一张怅然的遗憾

我去过很多大山
以为大山里住着神仙
当我从大山里走出以后
才明白山
还是那座山

黄昏漫步

不知何处在下雨
这边天气突然热转凉
小窗布帘谁抛起
寂寞小楼风穿堂
漫步秦时黄昏中
月牙挂在梧桐上

几树黄角吐暖树
一丛翠竹压女墙
四季桂花开不败
茉莉绽放手留香

纺织娘从汉织到今
何曾见她穿着新衣裳

天上唐朝的云破风吹尽

地上我俩争吵的影子缩短又拉长

只有举手投降

与老妻心平气和话家常

女人

一个唠叨的女人
相当于一千只乌鸦
从早到晚
总听见她不停地叽叽喳喳
你绝对不会感到孤独
更不会感到空虚害怕
时而是惊涛拍岸
时而是游子天涯
时而是黑云压城
时而是雨打平沙
也有山泉叮咚流下
携一缕春风几片杏花
一天还是有安静的时刻
不过那是女人感到疲乏

有了一个爱唠叨的女人
神鸦社鼓显示的是兴盛与繁华
若男儿有那如大海般的胸怀
人世间有什么不能装下

那一夜

记得那夜送你，天黑携手难分别
此时周遭风柔柔，小虫声切切

好事总是多磨折，哽咽咫尺音信绝
她家门前千百度，唯见往时月

土地

得到了又失去
只能无奈而深深地叹息
只有破旧私宅的周围
尚有可怜的一方立足之地

在我家阶梯的缝隙中
长出一株花椒树
累累果实让人欣喜
解决了购买油盐的问题
在倒脏水的地方
几窝丝瓜填饱了整个夏季

给我们粮食让我们裹腹
给我们野菜让我们充饥
即使你干涸得裂出巨口
雨后也会很快焕发出勃勃生机

只有你最是能忍辱负重

只有你才最包容与赠与

真的我不敢怀疑

如果把你真正掌握在自己手里

我们会饥饿吗

我们还会匍匐着指望神仙皇帝?

阳台

我在春天里行走
我在野外行走
牵着春风的小手
我在小河边停下
小河便展开叮咚的歌喉
我在山坡前停下
群芳便各展风流
桃花绽红李花放白
油菜花黄巾缠头
杜鹃花山前竞秀
玉兰开得大气潇洒
海棠花艳丽依旧

我与春风有个约定
何须月上柳梢头

出门真好

出门真好
看见左邻右舍都报以微笑
可以上山观日出
可以去园林看花草
可以去河边欣赏游鱼
可以去花树下拍个艳照
还可以躺在绿茵茵的草坪上
静看白云在蓝天上悠悠地飘

仍然不敢聚集
所以会议没了
不再为这个精神那个精神去思考
不再像学生那样虔诚地听人教导

自由呼吸着芬芳的空气
惬意地漫步在林荫小道

听鹧鸪儿藏在树丛咕咕地叫
让小狗狗在身旁欢乐地奔跑

关在笼中太久
出门真的很好

我怎么过

我怎么过
不需要你来做主
你管我是放声大笑
或是悲伤痛苦

我要登山去
去迎接喷薄的日出
我管你高不高兴
我管你拦不拦阻
我要涉水去
到对岸看花看柳
你即使训诫
我也不会有半点踌躇

如果谁愿意自我封闭
感恩被禁锢

那是他的选择
何须旁人去叽歪他可怜的幸福

我的行动我做主
我不会跪拜上帝、菩萨以及耶稣
即使我不富裕
我也不会去出卖灵魂　向丑恶匍匐

昨夜

昨夜雨骤风狂
今起仍是大太阳
说是雨后见彩虹呢
四野一片苍茫

唯见西边有樱桃红透
又见东边枇杷金黄
不经意间小院茉莉
什么时候爬上女墙
最喜南边垄上
小麦悄悄灌浆

南风已在路上
阳雀还在远方
农家正忙
老人都在田里薅秧~

微笑

你对我微笑
我对你微笑
如花儿开在春风里
岁月如此静好

人生太短了
为何要相互防避暗中举报
甚至怀着斗兽的心思
狠狠地彼此撕咬

心存感激才会微笑
心有大爱才会微笑

一个微笑
是一声无言的祝福
一个微笑

是一条通向心灵的桥
在一个充满微笑的环境里
每个人都会永远年轻
不会衰老

散步

简单晚饭后
嗜好是散步
即使天寒北风刮
即使炎炎正酷暑
若非天地裂
风雨也无阻

散步穿过桂花林
散步绕过桃花坞
散步走过天安门
散步走过前海路
散步曾睹红日落紫禁
散步亦曾见过大巴山
月高挂银杏树
散步最想陪母亲啊
可怜她与妹早已饿死深山处

散步多想携子女
只可惜子女外地谋生奔波苦
而今归故地
散步好舒服
一年四季妻伴我
何曾不幸福

私语丨箴言

独自面对旷野的呼喊
在心底烧毁一座花园

农村的老父亲

我也老了呵
难以回来亲自祭奠

我记得你无言的付出
我记得你走过的艰难
我们似乎都进入一个误区
以为读了大学就会一切改变
可我在三尺讲台能有多大能量
哪有余钱剩米对你更多的支援

不能说我就穷困潦倒
只能说维持基本饱暖
一间小屋也只能两人辗转
微薄的工资又必须精打细算
回一趟老家都会伤筋动骨

每逢年终
只能远望重重乡关

我养儿育女不敢有一丝懈怠
你虽衰老依旧背着太阳过山
无法孝敬你来城市享享清福
你的骄傲化作了倚门的思念
你留下未了心愿
我留下难以弥补的遗憾
只能托我的亲亲兄弟
给你烧上一堆无用的纸钱

我的农村的老父亲啊
我的痛，我的无尽的眷恋

给女儿小荷

今天是你的生日
爸妈却远在巴蜀
托那滚滚而去的长江水
捎去我们的祝福

祝你生日快乐
祝你身体健康青春永驻
祝你像一只冲破牢笼的鸟儿
青云直上
适彼乐土

我们不介意你的成绩
但不忍心你的奔波劳碌
我们不介意你的奉献
但不希望你孤独无助

下雨了
要带上雨伞
天寒了
要增添衣服
感冒了
要去医院
生活中
千万不要有丁点的疏忽

孩子，虽然你远在黄浦江畔
距离隔不断我们的时刻关注
我们心底唱着生日之歌
却忍不住
眼角挂着激动的泪珠

牵挂——给女儿

我们总是牵挂着你
在外独自闯荡
江湖风波太多
常有许多迷人假象

三九好像是春光明媚
那只是一轮冷冷的太阳
山顶依旧堆着积雪
草头也挂着晶晶的冰霜
即使天空有蓝天白云
却看不见鸟儿展翅飞翔
河水依旧东流去
鱼虾却在水底潜藏
虽有腊梅在墙角怒放
却看不见蜂飞蝶忙
这哪是和煦的春天啊

头脑莫要有半点迷茫
北风还在门外偷笑呢
切勿年少疏狂

出门别忘看看天气
不要一味匆匆忙忙
我们已经老了
无能再为你把风雨遮挡
你知道
你年老的父母
天天都在菩萨面前
祈求保佑你平安吉祥

你快走，我跟上
——致妻子

人老了
觉着腿无力
上车上不了
爬坡喘粗气
只拣平路走
不敢向崎岖
不敢跟团去旅游
不敢与人去拥挤
清清小河趟不过
只能遥望健身梯
扶杖我慢走
踯躅秋风里
能闻路旁青草香
能听小虫声唧唧

能觉秋节多佳日
能看弯月挂屋脊

即使到了路难行
也要挣扎坐轮椅
听凭自然任天老
即使老骥也伏枥

你快走
我随意

再给妻子

有你同在
我这里就是蓝天
这蓝天没有乌云
这蓝天深邃而高远

我曾经一名不文
饥肠辘辘又面临严寒
是你给了我爱的雨露
是你让我感受了生活的甘甜

于是我俩白手共筑爱的小巢
丝丝缕缕渗透着我们的血汗
于是我俩用信任浇灌着爱
历经风雨终于绽出了娇艳
还记得你回头的那嫣然一笑
还记得你信中火辣辣的语言

还记得我踏遍山村苦苦寻觅
蓦然回首你却下乡在水井湾

与子携手走过了五十多年
时间并没有将我们的浓情冲淡
妻子啊
我深情的一声呼唤
不觉热泪滚落在你的身前——

当我们化作一缕青烟

你陪我早晚散步
我陪你慢慢老去
当我们化作一缕青烟
给孩子说不要悲伤
不要痛哭

如果你们还孝顺的话
就记住我们的嘱咐
在墓碑之上刻下这几个字
——爸妈的灵魂在这里居住

爷爷之死

爷爷是个勤劳的小老头
埋葬他的是一副小火匣[1]

有一天他掰回几个包谷
简直吓懵了全家
父亲说这是盗窃行为
婆婆说他是越老越傻

我是他最心疼的孙孙
也批评他不满意农业合作化
他弄不明白
昨天还是自家的土地
今天种的怎么已经不是自己的庄稼
他默默地抽了一支旱烟
悄无声息地独自睡下

当我第二天喊他吃早饭时
他再也没有回答

他死的那个夜晚
没听见呻吟
可能也没有挣扎

[1] 火匣：指用木板钉出的简易棺材。

阿婆

她是一个干女子[1]
只知姓赵没有名字
她小时便送到一个姓易的家里
圆房后她才有个名字
叫作易赵氏

几岁时就得洗碗煮饭
站在凳上才能擦到锅底
稍大点开始学习女红
纳底做鞋还得负责全家浆洗
我曾看见阿婆绩麻纺线
为我缝制新衣
藠头芋头丝干冬菜腊辣子
阿婆做的咸菜香甜可口咸淡适宜
包粽子
滚汤圆

熏腊肉
灌腊肠
阿婆就是一部不停转动的机器

老了她虚弱地伏在门槛上
遥望地里的南瓜花无奈叹息
她浑浊的眼盼望流浪的儿子归来
她盼望着进门一位贤惠的孙媳
然而在那个饥馑的年月
阿婆在长夜里走得无声无息

而今阿婆的墓地早已了无痕迹
可一想起她我的泪
便如清明雨
淅淅沥沥

[1] 干女子：即童养媳。

鬼节

今天是鬼的节日
听说夜里他们会非常疯狂

我记得六十年前
妈和小妹一同死亡
小妹也就十来岁吧
死前只有一个希望
不求吃上鸡鸭鱼肉
只盼着能喝上一口米汤
母亲抱着小妹一同咽气
倒在生长野菜的乱魂岗

她们孤独无依
身上无钱又无口粮
她们也没有出门的路引

孤魂也只能在山沟里
无助无依地飘荡

六十年一个轮回也该转世啦
希望你们去到一个没有饥饿地方
有衣可穿有饭可吃
还有一处遮风挡雨的小小茅房
记得收下我们年年寄来的纸钱
以及纸糊的电视机洗衣机空调以及冰箱

我的妈妈我的妹妹啊
凭栏远望
不觉老泪千行

有的事

有的事
说过去它就过去没留下任何痕迹
有的事
它刻在我的心底很难忘记

从没想到
同窗革命的拳头
会痛殴他上铺的兄弟
小妹饿死前
只留下断断续续我要喝米汤的呓语

我没想到
李子坝闪亮的刺刀
会捅向我伶仃的身体

谁说往事如烟
尔来几十年流下的血泪
仍如昨天般清晰

我等待一个久违的道歉
回话却说是那个时代亏欠的你
个人只是受了蒙蔽

大饥荒

阴雨连绵的冬季
总希望太阳朗照
饥肠辘辘的日子
没奢望过吃得很好

粗粝的高粱糊成了美食
硬邦邦的窝头成了佳肴
我喝过有尿味的小球藻
也曾吃过猪食的鹅儿草
我曾吃过两斤米煮的饭
似乎才吃个半饱
我饿，恨不能将天吞下
我渴，恨不得将河喝掉
我饥肠辘辘地在寒窗苦读
随时可能成为倒毙的饿殍

我妈饿死了
享年三十多岁
我小妹饿死了
只有十岁不到
而今已找不到她们的骨殖
只留下冷风哭泣的衰草

而今我人亦老
不知该对着哪个方向
垂泪祷告

愧疚

小时候总盼着长大
长大后盼望着报答

谁知道我没有出息
总是在收支不平衡之中艰难挣扎
自从两个孩子出生以后
才明白原来生活并不是盛开鲜花
我可怜的拖着三个小孩的大姐啊
贫病交加之下没有活过一个花甲
父亲一生面朝黄土背朝天啊
临死之前还扛着沉重的犁耙

我虽有嗷嗷待哺的孩子
仍不得不节衣缩食寄钱回家
我十六年的三更灯火五更鸡呢
都赋予了一场场无情地风吹雨打

农村的亲人盼望我跳出农门就春风得意
乡邻还以为我在城里住着高楼大厦
享受无尽奢华
谁知我使尽浑身解数
仍属弱势群体
退休后也只是留下
两手空空一头白发

我愧疚
愧疚自己对子女的亏欠
我愧疚
愧疚自己没有好好孝敬爸妈
我愧疚
愧疚对亲朋好友的逐渐淡漠
我愧疚啊
哗啦啦的眼泪打湿了半个中华

有所思

落叶苍黄，太迷茫
无奈朝来寒雨晚来霜
唯有抱枝菊花
还散几缕淡淡香

莫叹息，人生短短
何如珍爱眼前时光
恨所恨，爱所爱
且把一杯淡茶
当作玉液琼浆

持子之手
与子偕老走向夕阳
即使儿孙满堂
又岂能朝朝暮暮守望

几十年我们相濡以沫

为什么竟早早离开了我
张开口平平坦坦
只尚存稀稀拉拉的三五颗
我那让人羡慕的内学堂
而今地库塌陷让人惊愕
即使相交几十年的朋友
突然邂逅也会把我认错
而今是真正地吃软饭了
囫囵而食咽下的是难过

往昔那平常的细嚼慢咽啊
方明白那就是人生的快乐
早餐时对着老伴慢慢地喝
晚饭时望着夕阳慢慢地啜

幸亏我还钟爱小米粥呢
还能用文火熬煮新的生活

往事

往事不堪回首
回忆总是痛苦

曾经怦然心动的女孩
藏在心头没敢去追求
在丑化知识分子的年代
谁能奢想有如意的女友
我的妻虽没有动人的美丽
却有小家碧玉的温柔娇羞
不能让子女童年快乐幸福
但对孩子绝对是精心呵护
如今她们在江湖东奔西走
我们总是默默地关注
一辈子担惊受怕
终盼到平安着陆

老来生活并不优裕
即使工资羞涩也尽量享受
可惜不能去海南避寒
又不能去高山避暑
幸好缙云多情
春夏秋冬都把我守候
朝看山顶白雪皑皑
暮看江水无语东流
且珍惜落日残照
不去想风霜满头

世相 | 状物

眼睛在文字之前饕餮
心事于墨痕干后决绝

野花

风细柳斜坠
似乎春已老
昨夜明月送信来
陌上群芳已渐少
梨花卸粉妆
桃花香已消
红白玉兰今何在
只留余韵空飘渺

至于那烂漫晚樱
也只剩下一副残照
缠绕桥廊的长藤
也准备脱下新奇的紫袍

何计留春驻
我心中徒生烦恼

所幸尚有野花

不去凑那热闹

恍若漫天繁星

开得火烧火燎

桂树

过时的残柳
夏蝉的咿呀
只有色泽的三角梅
还有垂垂的狗尾巴
都排着队
入我的镜下

经过萌动的春
经过火热的夏
喜鹊都哑了嗓子
衰老的骑马人
始终一言不发

喜鹊和黎明前的一条路
不适合一个诗人
我应该醒着
不到时候
桂树它不开花

吟梅三首

其一

门外疏篱处
红梅一树燃
半弯冷月挂枝头
楼高莫凭栏

暗香浮动夜
伴我入冬眠
阿谁知晓梅心里
朝朝遣苦寒

其二

门外小桥边
满树梅花笑
一轮暖阳挂枝头
仍有北风啸

危楼莫凭栏
恐被冬知道
暗香浮尽雪自消
何须把春报

其三

我家小屋中
风送暗香满
一年冬好不在雪
梅占春一半

积雪融尽时
反是胭脂淡
东风娶得梅归去
都道她情愿

银杏

是谁唱着风的挽歌
最后几片也从枝上飘落
千年风霜泯灭不了它的意志
孤傲的躯干依旧诠释着它非凡的独特
从不如百花的媚春
从不如雪花伪美的色泽
从不如小草的两旁倾倒
却能冷眼看世上兴起多少亭台
倒塌了多少楼阁
赤条条傲立西风之中
低眉顺眼绝不是它的性格

人们怀念着它
悄悄颂扬着它脍炙人口的传说

树

我得仰望着你
是因为我站在你的脚下
如果我站在高高的山上呢
俯瞰你也只不过标点般大

牡丹

枯萎了就凋谢吧
为什么就是不愿离开
春风已经逃走
看南风临窗而坐
阳雀叫与不叫
都无关收获的淋漓痛快
季节轮换是自然而然
人的天性就是享受自由自在
夏天有荷塘月色
秋天的桂子也会兀自盛开
冬季有怒放的梅花
各自的梦出现在不同的夜晚
为何要拥挤在同一时代

当我试图看清牡丹的生活
竟然有了诗人的情怀

无名树

原来是一片林
现在被改造成一方平坝
没有了浓荫
也没有了邻里聚集的闲话
剩下一种不知叫什么名的树
孤独地生长在楼下
李商隐的夜雨从没停过
它却任性地绽放一树紫花
没有蝉歌的礼赞
也少了雀鸟的喧哗
它不含脆弱的感时的眼泪
只悄然地绽放自己的芳华
它不去招惹狂蜂浪蝶
却装点了我寂寞的初夏

又见落叶

想挽留
却留不住
飘飘洒洒
跳着最后的一曲街舞
有谁还欣赏于它
在冷风中
它无言的抗诉
无言的痛哭

零落成泥
谁能断言是它最后的归宿
还留有一点金黄的色泽
行人的步履为它暂驻

也许此时离去便是它最大的福
四季变换　时间不会凝固
躲过寒冬的虐杀
来年它又会绽放如瀑

种子

一撒进土里
就被黑暗束缚
身上覆着沉重的厚土
它无言地忍受
即便窒息如此痛苦

终于冲破坚实的地壳了
艰难地探出柔弱的头颅
终于能呼吸着自由的空气了
吮吸着温暖阳光和多情雨露

然后抽叶然后成枝
慢慢地长成一棵大树

树上生来有四个字
绝不屈服

苍黄

不知为什么
我不喜欢那几树耀眼的苍黄
它绝对不是沾沾自喜的辉煌
而是生命乐曲最后的招魂挽章
因为那是它最后停留的日子
灿烂也不过是最后的疯狂

不是冬季佩戴的吉祥
苍黄只不过是温暖的假象
我是一株小小的草
不会与之拼死对抗
我会紧紧拥抱着大地
等待那一轮普照万物的暖阳

给金鱼

你从哪里来
呼呼啦啦一大群
有什么值得这般兴奋
想展示苗条的身姿么
不怕寒风会冻住你的鱼鳞
没感到四周一片寂静吗
艳丽的色彩也引不来游人
冬日只是一个温柔的假象
那池中的水依旧严寒冰冷
你不知道冠状病毒的可怕吗
没有人会抛给你丰厚的食品

你还得继续潜藏
你还得多些小心

你没看见那树丛中的小猫
正睁大绿幽幽的眼睛

还不是悠游自在的时候
金鱼啊你的春天还没有降临

给小猫

吃什么住什么
全靠主人安排
即使你走着轻轻的猫步
即使你喵喵叫着总是极尽媚态
一旦风吹草动
你便失去宠爱
你被无情地从高楼抛下
变成碎肉变成残骸
也许你至死都不会明白
为什么自己要被杀害

因为你是弱者呀
即使有时会受到青睐
小猫啊如果还有下辈子
你千万不要再去重复宠物的悲哀

小鸟

也许它没有遭劫难的记忆
面对我就只剩下好奇
我打量着它的精巧与美丽
它打量我也只带一丝疑虑

此后一天天我们互相打量
犹豫中我们逐渐熟悉
有时它在我栏杆上漫步
有时率性靠近我的摇椅
有时大胆飞上我的肩头
叽叽地向我讲述着鸟语
我摸着它光滑的羽翅
它在我掌上啄着小米
后来它引来它的同类
你追我赶玩着鸟的游戏

雪花开始飘飘洒洒
一屋的寒风对付着我
怀念它一点羽翅的偎温
再也没看见它的踪迹

夜梦里我遥望缙云山
变成小鸟向远方飞去

这只蝉

我在大漠桑林听过它慷慨的长歌
我在峨眉金顶听过它幽深的呢喃
我在蔚蓝海湾听过它带血的嘶哑
我在亦庄听过它声声倾诉的凄婉
这是骆宾王的蝉
这只来对白头吟的孤苦的蝉
这是虞世南的蝉
不借秋风而居高声自远的蝉
就是这只蝉
它从秦时明月汉时关行吟而来
穿过了法布尔的故乡
一直唱到我常年洞开的窗前
声声呼唤
如长风剪不断
唱完了整个夏天
又唱到秋天

马儿

南方有个歇马镇
北方有个驻马店
南方有个走马场
北方有个饮马川
四川还有个风景区
那就是跑马溜溜的山

有人恨当弼马温
有人喜欢做马官
有人千金买马骨
有人跃马过檀渊
有人鲜衣怒马仗剑行
有人金戈铁马出雄关
有人高头大马过剑门
有人一去马革裹尸还

而今马儿何处寻
只在昔日白云间
谁还识春风得意马蹄疾
谁还羡披红骑马游长安
谁再闻锦旗蔽日马萧萧
万般辉煌也只是百姓冤……

如果世间有天马
我将骑着直到玉皇殿
问王母
能否参与蟠桃宴

冷风

冷风带来细雨
不再是吹面不寒
可怜我阳台上的牡丹
经受不住一点儿考验
那娇贵的花瓣儿
纷纷扬扬四处飞散

我又添上衣服
凭栏看乌云的疏卷
窗前的缙云山
又被云遮雾缠
那山下的油菜花
依旧色彩鲜艳
那纯洁如雪的李子花
轻摇着我的点赞

冷风来了

冷不了生机勃发的春天

看那小桃枝头

还是春意阑珊

昨夜雷雨

闷热了好几天
昨夜一场雷雨

不冷不热正好
睡得酣畅淋漓
树上有雨滴落下
身旁有凉风习习
树下有残枝败叶
我闻到青草芳香的气息
雨洗过的缙云更加清幽
白云点缀着蓝天的静谧
忽然有一串鸽哨响起
留下一首轻松愉快的小曲

门前数支喇叭花
大胆探出围篱

巴山夜雨

雨棚告诉我
那不绝的淅沥
又是从李商隐诗中潜来的
一场夜雨

初夏都被打湿
南风生了凉意
纷纷扬扬的夜花树
凋零着紫色的妖异
唯独篱前栀子清幽
含泪洒出香气

暖阁梦仍未醒
梦里的颜色却不再绮丽

西窗烛剪无可剪
天亦老矣
名唤易山的诗人
还没有归期

蓝天

近一段时间
总有浮云遮住我的双眼
今日里我真高兴
终于盼来一片蓝蓝的天

天空好像被水洗过
没有沾染一点儿风烟
虽没有鲜花浓郁的芬芳
但却有微风习习的温暖
我欲向蓝天裁下一幅
制成我最爱穿的海魂衫
再制成一件薄薄的风衣
风一吹似飘飘欲飞的神仙

想起我在蔚蓝海岸
看那碧波如笑的海面

想起我在清清小湖
看那揉皱了的一团蔚蓝

缙云山终于显得清晰
不再是羞答答云遮雾缠
白云寺也隐隐约约可见
似乎听得见那钟声悠扬婉转

晚上我做了一个梦
我与妻子住在那蓝天上面

夕阳（外二首）

习惯楼上看夕阳
夕阳坐在小山岗
也许时光将不再
于是绽出一段最辉煌

暮色浸古月
长夜度寒凉
晓看疏篱处
菊花枝枝沐朝阳

晚霞

晚霞的辉煌只是暂时
紧接着便是长夜漫漫的日子
不像桂花落了还有桂叶
不像枯枝断了还会生出新枝

当大雨倾盆而下
树上不会有一片没被淋湿的叶子

山乡

我这里桂花已然落尽
你那里却正在溢彩流芳
我这里已是秋深寒凉
你那里却挂着一轮暖阳

没有公路通向那里
那里是我出生的偏僻山乡

东风

如雨洗长空
春阳暖融融
任尔吹开花千树
更吹坡上小桃红

吹得小溪声潺潺
吹得海棠春意浓
吹去山上残留雪
更是吹去雾濛濛
吹得竹海啼翠鸟
吹得林涛留芳踪
何故吹不展
因入美女绣裙中

人生行乐正当时
花开花落任东风

反弹琵琶是一种毒菌

如果你真心钟情她的美丽
那么你就要接受她的剧毒
世上哪有轻松获得的美好
要享受也要承受粉身碎骨
就算是世界上最毒的河豚
又何曾让烹饪的大厨匍匐
我想起了朝生暮死的蜉蝣
我想起了缠绵爱恋的蜘蛛
纵然只有一夕的痛痛快快
也不留恋一生窝囊的幸福

既然上天给予了她非凡的容颜
我就会不惜生命为她勇敢付出

红色

见过榴花见过蔷薇
见过藤本月季见过红梅
见过红莲见过风铃木花
见过红玉兰见过三角梅
见过秋海棠见过波澜壮阔
振奋人心的郁金香的海洋
有的红的冷艳有的红的热烈
有的红的含蓄有的红的直白
为什么它们都开红花呢
许是祖先在这块土地上
洒下了更殷红的鲜血

不然为什么当我面对这些红花时
我冷漠的心脏总是不安分地跳得激烈
因此我不会狎玩也不会亵渎
也并不匍匐在它面前

甘愿献出自己的一切
于是让它在我灵魂深处
增加一点男儿雄性
展现出我不是苍白
而是鲜红色的一页

舞台

有的在凋谢有的在盛开
即使在同一植株之上
有着欢乐也有着悲哀
有的花朵富丽堂皇
有的花朵正在灰败
阳台上一盆牡丹花啊
却演绎出了两个世界

我赞美春天
赞美这个自由的舞台
凡是花儿都可以开放
不管你开出什么色彩
桃花可以红
玉兰可以白
菜花可以黄
李花可以刚从梦中醒来

至于如瀑布般的万丈紫藤花
它可以在春的门口稍作等待
甚至可以允许倒春寒
那是留给桐花的最爱
即使是星星点点的小花
也可以有着自己的舞台

伞

一把一把又一把
各种颜色的雨伞
是流动的伞的江河
是斑斓的伞的花园

妻子打着把花伞
红润了她苍白的容颜
我打着把黑伞
走进秋雨的幽怨缠绵
踏桂花散发的湿香
指点空朦朦的远山

最怕是暴风骤雨
最多只能遮住头脸

半身衣裤湿透
忍受冷飕飕的秋寒

即使有伞的庇护
谁能说都是平安

饭团

进山捡柴
百里的山路
往返一整天

鸡叫的时候
煮一锅干饭
将干饭捏成饭团

中午时节
疲疲地靠着大树
啃一口饭团
饮一口山泉

那就是干粮
我的童年

白云寺

漫山绿遍曲径蜿蜒
白云深处楼台现
寺僧只解手合十
阿弥陀佛声不断

礼跪观音闭目许愿
钟声悠悠绕耳畔
只觉尘事此时了
夕阳静照小禅院

缙云山

许是怕泄露惊世的容颜
故使缥缈的云雾来遮遮掩掩
不知道它有多么的高峻
只知道影影绰绰与天地相连
不知道它有多么深远
只知道一辈子也走不出这层层叠叠的大山
不知道它有多么神秘
只知道每一转都让人眼花缭乱

听到白云寺千年悠扬的钟声吗
即使夜半也到不了朝天门上巍峨的客船
只有那晚来朝去的巴山夜雨
才留下何当共剪西窗烛的思绪绵绵
我常常怀疑那白云深处
住着的是渴饮山泉饥食落英的神仙

我怀疑站在缙云的狮子峰顶
一小步即可到达嫦娥清冷的宫殿

我也常怀有穿越的绮梦
一霎时就卷起文学记忆的窗帘
与李白烟花三月同下扬州
与杜甫品茗在黄四娘家的香香小院
与苏东坡敲着铜鼓唱大江东去
又与放翁细雨中骑驴穿过剑门关
我含羞带笑读着聊斋中可爱的小狐狸
又对感天动地窦娥冤的遭遇怒发冲冠

我选缙云山麓长期住下
似乎重回意气风发激扬文字的当年
缙云不朽我也不朽
我已把灵魂融进大山里边

歌者

（看见一只蝉死在露台而感）

一首歌霸占了一个夏
一个调朝朝暮暮唱到嘶哑
夏天因之而火辣辣
给它献出一支支红色的夏花
几十天就是一生啊
白露来了方才被迫唱罢
失去了那威风凛凛的舞台
慷慨长歌又算得了啥
它无力地倒在草丛
蚂蚁们一口口分食着它

高枝上的歌者啊
我为你的悲壮而潸然泪下

四时｜辰光

季节流转中水车吱扭
重复子在川上的叹惋

倒春寒

她走过濯濯童山
她走过漠漠蛮荒
她走过沙海冰川
她姗姗来到我的身旁

她走得很辛苦
也走得很匆忙
只想稍稍歇一歇
换去积满尘埃的衣裳

于是残冬趁机而来
满脸都是复辟的疯狂
可怜那些柔弱的花儿
便纷纷在风雨中凋亡

春天还早着呢
才刚刚走过上半场
一树繁花还在后面
那才是颜色喧闹的天堂

倒春寒只是短暂的痉挛
不要去为某种秩序悲伤
继续哼唱温暖的歌儿吧
寒风终会在寒风中消亡

过客

没有什么特别
就是一个冷字了得

只不过让你重回冬季
体悟一下严寒的冷冽
何必去对它叽歪呢
这是最难将息的季节

平坝上桃花开始陨落
而深山里正开得火热
那里的梨树还挂着蓓蕾
平坝上的梨花已是残缺
早晨还迎面嗖嗖冷风呢
到中午着春衫正好相得
但是春天总比冬天美好
有小桃红菜花黄梨花白

春天总是生机勃勃
有莺飞草长小潭弄月

你看，天要放晴了
倒春寒不过是春天的过客

春分过后

似乎不再那么金贵
老天会慷慨撒下雨水

许是到了播种的季节
小鸟在漠漠田上乱飞
许是到了踏青的日子
温馨的空气让人沉醉
有梨花的素雅
有茶花的浓郁

有金黄菜花的厚重
有洁白玉兰的芳菲
还有暗香浮动的栀子
还有露在篱边的蔷薇

至于漫山遍野的樱花
诱惑了多少怀春美女

而我最爱的万丈紫藤啊
拉开了春天驻跸的幕帷
因为我把爱情许给了春天
于是我便成了一朵欲开的蓓蕾

二月

不冷不热
最好就是春二月

昨夜春雨悄悄下
今朝小桃更妖冶
满坡菜花黄如金
园中玉兰白如雪
短墙红杏花
月季颜如血
海棠铺锦绣
牡丹胭脂色
宋朝春风吹过来
折枝杨柳来送别
放空心情赏春去
且把老病浑忘却

繁枝容易纷纷落
君不见处处绽嫩蕊

走进二月的春天里
又那堪老年呆坐空悲切

春阳

春阴长
湿且凉
终于雨暂歇
东山吐旭阳
柳丝遮河暗
娇燕语雕梁
玉兰今何在
微风李花狂
蔷薇何时开
与君细商量

最爱晚樱三千树
一树红粉一树香

寻芳周遭蝶恋花
何处风景不张扬

著我轻柔衫

背我小行囊

花间留笑颜

抖音诉衷肠

艳阳春正好

我趁春晴走一场

春游

春游大巴山麓
不觉已到日暮
山上人家渐少
紫藤傍岩如瀑布
晚樱绽放似霞
淡月李花如雾
几只黄莺鸣细柳
鹧鸪软语如诉

借问千古名刹
路人遥指白云深处
我携峨眉竹叶青来
泡南无泉一壶

听梵音唱晚

还计较什么来路去路

我心安于自然

渐渐融入虚无

清明时

一二缕风
三四点雨
五六丝雾
天空乌云频起
春天一个喷嚏
误我清明好花期

丁香哭残枝
茉莉弱无力
栀子花溅泪
李花带露泣

可怜草中小小虫
叫声也低迷
青青杨柳也憔悴
相思无处系

我立小院中

不觉衣衫湿

春天在我雨篷上

敲出一段曲

初夏

没有春的手巧
把河畔的柳裁成绿丝绦
没有秋的成熟
枫叶灿烂得分外妖娆
也没有冬的无情啊
何曾把一丝儿生计轻饶
这还不是火辣辣的盛夏
漫山遍野只留下蝉的喧嚣
这南风初起
黄了大麦熟了樱桃
蓝了自生自长的野菊
红了院里亭亭玉立的美人蕉
枫树惬意地抽出嫩叶
小麦急急地等待着阳雀的欢叫

只有女墙上的牵牛花

躲在一旁的绿丛中悄然含笑

初夏啊真的很美

让我携着江小白来

体味你的美好

我对夏天的眷恋

我做不了南飞的大雁
来来去去追逐栖息的温暖
我学不了避暑的南来客
去躲避夏季炎热的磨练
我只好坚守在缙云山
我只好长居在嘉陵江畔
朝看狮子峰的云生雾起
暮看悠悠嘉陵江水一去不返
江岸有垂柳生起堆堆蒙蒙的青岚
缙云有开不败的山花芬芳烂熳
我欣赏紫金夏季也燃烧着绯红的火焰
我欣赏四季桂夏季也绽放香艳
我欣赏栀子花酝酿的仲夏夜之梦
我欣赏茉莉花点缀在高高围栏
我喜欢听夏季里阳雀的呼唤
我喜欢听夏季里鹧鸪的呢喃

也许是听够了市声的噪杂与喧嚣
也就不厌烦鸣蝉对夏天高亢的礼赞
我轻拍虎头桥岁月流逝的石栏
心底里满是一派对夏天热情的眷恋

悲秋

有露重霜凝
有草枯叶败
有黄芦苦竹
有薄薄雾霭
于是迎风而含泪
于是登高而伤怀

不是真的陨落
花谢了来年花会再开
既然有夏的蓬勃兴旺
也必有秋的萧瑟存在

能使江河倒流而回
能使丘山青色不在

四季轮回饶过了谁

若无阴湿便无藓苔

不如将悲秋情怀

撒向浩瀚的大海

八月

我常常走过小区后边的绿壁
听小虫在绿壁后的窃窃私语
秋天的八月是黄金般的日子
我一出门就走进桂花的香海里

我不点赞野菊花淡蓝的摇曳
我偏赞颂紫荆的憨厚与专一
无论酷暑或是严寒
在路旁埋头开放好自己

我看晚稻一片成熟的烂熳黄云
我看收获的一粒粒饱满的玉米
我看一串串乌溜溜的紫晶葡萄
我看坠满枝椏层层叠叠的柑橘

哪里管得上飘落叶的高高银杏
哪管得上大雁人字形从此离去

月牙儿一天天圆满着
我盼望着中秋吃糍粑时的欢聚

秋思

没有春季暧昧的气息
没有夏季火辣辣的太阳
秋的天空深邃而高远
一串鸽哨在云中自由吹响

秋天最多的是佳日
品茶高台最适于赋几首新章
思念当年的文青岁月
坐标投弹于期刊的四面八方
广种薄收是一种无奈的侥幸
三更灯火寄托着朦胧的希望
可怜传承的是泥腿子的基因
田舍郎怎么能进入辉煌华丽的殿堂
一个梦反反复复做了几十年
梦醒时分还是一身疲惫空空行囊

抛却那些虚妄

低下头重新收拾破旧书箱

将那未开封的名著统统烧去

留几本种花书装点书房

秋风

黄叶飘飘落下
却怨恨秋风的残忍
百草逐渐枯萎
却恼怒秋风的凶狠

中秋即将来临
只看到夏天远去的背影
唯见千树万树桂花
在肃穆秋风中落蕊缤纷

谁说秋风不解风情
却将芬芳送入我的梦境
我的梦因之而芳香了
还有嫦娥在清辉中的倩影

晨起携来天上的小团月
来泡我人间的坎坷不平
燃起一支袅袅的思绪
醒悟我一段荒唐的历程

白露

今夜的露开始白了么
只知道今后的白天将逐渐变短
咿呀的蝉声是夏天的最后一支歌曲
从此后即将是凄风苦雨的长夜漫漫

黄角兰是对夏季最后的礼赞
芬芳桂花是夏天转身的留言
马鞍溪是少女一条飘逸的纱带
她的身边总有几支鱼竿的贪婪
可怜那缙云山升起的一弯新月
黄昏时总静静地挂在孤独的银杏树尖
那只从夏时就开始鸣叫的蟋蟀
声声入我窗下
写成一则美好的寓言

叶殒

地上铺满了银杏的黄叶
这是一个季节向另一个季节的告别
我无心去欣赏这初冬的风景
我是在践踏失败者的陨灭
不是曾经马蹄很轻快么
还施施然傲立着一身独特
不是秋风萧瑟
不是西风吹雪
还可能在树枝上
哼着沙沙的歌儿摇曳

在罂粟中选择
哪会有本质的区别
在暗黑的天宇中
也只是一掬冷风残月
易山只是一粒沙子

注定了在海滩上的终身孤寂
只能看潮涨潮落，以及
大海上鲸鱼的壮怀激烈

我在阳台上酣然入梦
身着布衣便欣然到王维家中作客

立冬

立冬出太阳
心情好舒畅

不像整天雨绵绵
出行真窝囊
眼前朦胧缙云山
终于现出真模样
逶迤东延去
一派青苍苍
山脚乖巧小金菊
舒展枝叶在怒放
山间千株枫树林
倏忽一夜着红妆

太婆坐在石椅上
眯缝眼睛多慈祥

逗着孙孙学儿语
小狗摇尾童车旁
唯有闲适老大妈
优雅舞蹈在广场
几位大姐着艳装
频摆姿势照相忙

此时太阳最温柔
不冷不热一个爽
但愿冬来多如此
每天都能放眼望
望着蓝天与白云
望着奔流嘉陵江

初冬美如二月春
老夫聊发少年狂
何须推敲锤炼苦
瞬间急就诗千行

冬至（1）

冬至好大雾
缙云不知在何处
市声喧嚣少
远望失去将军路
楼下几枝海棠红
墙角梅花开几树
带着口罩出门去
不知不觉湿衣裤
雾破一轮冷太阳
严寒仍如故
心中有杆秤
莫被表象误

窝在家中画娥眉
无人轻贱无人妒

冬至（2）

冬至时节天寒凉，数尽严冬，何时柳枝黄
缙云空濛挂斜阳，唯见银杏傲苍茫

三拜九跪钟磬响，白云寺里，虔诚燃高香
双手合十思无邪，问长江何事奔忙

冬

山顶白茫茫
西风吹落黄
菊花抱香老
路旁葱绿小叶杨
行人多臃肿
街上有女美腿长
冠状病毒仍犹在
口罩遮住人脸庞
即使道上偶相逢
亦是话鬓霜
长风浩浩送冬来
小院独开一支秋海棠

谁能给我一双翅膀
让我能飞翔

冬日海南去避寒

夏季黔地去纳凉

我的好诗被冻住

高卷窗帘待暖阳

破五

今日迎财神
破五松口气
可以洗衣服
可以去扫地
可以扔脏物
可以倒垃圾
说话可大声
不需防禁忌

早樱已盛开
海棠沐春雨
我与老妻共把伞
随意出门上河堤
才挥小蜂远飞去
又闻子规头上啼
享受迎面杨柳风

静看嘉陵水流急
尚有雨滴敲丛树
万叶千声谱春曲

惊诧门前缙云山
一夜过后皆成绿

腊月二十九

腊月二十九
不能到处走
我却一笑轻禁忌
仍向超市去沽酒
虽只浅酌三两杯
也是迎新又送旧
窗外天色新
不知何花香馥馥
邻里相逢殷勤问
朋友微信远祝福
嘉陵向东流
缙云山色秀
春风习习扑面暖
灯光璀璨如锦绣
我倚栏杆思亲人
泪湿青衫袖

愿得今年春更美
又上一层楼

复来马鞍溪
隔河看杨柳

远足 | 观照

盛日随芳寻寻和觅觅
流水孤城行行复行行

我

我以为握住鸣蝉
就握住整个夏天
我以为抓住落叶
就抓住秋季的五色斑斓
我啜着冰棍
便以为吸尽天下所有的严寒

然而我只是历史狂妄的过客
风吹雨打
衰老了我自信的容颜
在白云寺一个落晖的傍晚
凝视佛祖
我悟了自己的似水流年

也许在我的生命里
有过短暂的辉煌与灿烂

但更多的是不堪回首的白卷
一回首　泪水横流
湿透整个四川

我喜欢

我喜欢春天
所以我花开灿烂
桃花的红梨花的白
紫罗的蓝满山绽放着五色斑斓
我喜欢夏天
所以桑叶的绿
麦穗的黄柔弱的出水的菡萏
还有爬上围墙的牵牛花的娇憨
我喜欢秋天
浓香的桂淡雅的菊
秋风把万山的枫叶点燃
我喜欢冬天
纷扬的雪飘飞的叶
梅花的暗香浮动的凛冽风寒

我开放是我喜欢

绝不是青帝的传唤

也不是完成阿谁赋予的誓言

花开由我不由天

何须骚人墨客

浓词艳语来频频礼赞

我喜欢（十四行诗）

我喜欢虚无
于是少了回忆的痛苦
少了对未来的惶惑
少了衰老而笨重的忧愁
少了做梦的惊惧与痉挛
却多了暮登天子堂的幸福
将相王侯不再是高高在上了
也许昨天还是一个没有灵根的废物

我是一个胆小的人
不敢正视风云变幻的丑陋
只有躲在小楼的阳台之上
还能嗅到四季桂花开的一缕香幽

我宁肯躺在虚无之中
快乐地构造我美滋滋的蓝图

我只需要

我不需要诗和远方
诗已被玷污，而远方也太迷茫

我只需要，我的钱袋不会莫名其妙地流失
流失得让我惶惑让我紧张
我只需要，瓜果与蔬菜不要污染
而肉食尤其是猪肉价格不要猛涨
我只需要有茶喝，即使不是名茶
只要品的不是苦涩，而是有爽口的芳香
我只需要，中午能舒心地喝二两白酒
不是粗劣地勾兑，而是酒桶里流出的纯酿
我只需要有活着的灵魂，即使备受熬煎
能够顺畅地读遍世界，能够自由自在地写写文章

诗，可恨太多的无病呻吟，甚至跪着的舔菊
而远方，只是忽悠你无休止地去互噬，去疯狂
如果眼前清浅的小河都过不去
又有什么能力去蔚蓝的大海扬帆远航

我希望

西北风呼啸着寒冷
我心里还有一缕阳光
无论大地如何肃杀
我鼻里尚存百花的芬芳
即使今日漫天乌云密布
明天依然会升起一轮鲜活的太阳

有空气在
就可以有自由自在的展翅飞翔
有种子在
萌发就不会是缥缈的梦想

且把烈火焚烧当成涅槃吧
痛苦的涅槃后才有重生的希望

我死后

我如果死了，不必惊诧
这是谁也不能改变的自然现象
千万千万要忍住眼泪
更不要久久地愧疚与悲伤

不能像某些习俗，将我躯体风干于树上
也不可能寻一方土地将我安葬
那就将我火化的一把骨灰
洒在我出生处那高高的山岗

也许我能听见小河在身旁欢乐流淌
也许我能闻到野花在我身旁绽放芬芳
也许我能看到蓝天上漂浮的白云
也许我能听到鸣蝉在树枝上慷慨高唱

一切本就是虚妄
也只是一点飘渺的念想

只是不希望把我放进公墓
去忍受噪杂、欺辱和嚣张
尽快把我遗忘吧
健健康康去追寻温暖自己的一米阳光

步出南门行

步出南门行小麦渐灌浆
南风送湿意几树枇杷黄
陇上桑重绿田里正插秧
唯有三角梅闲开篱笆旁
长啼深山中那是拐拐阳[1]

可怜田野里
唯见老人忙

［1］拐拐阳：即阳雀。

那一吻

望秋先殒
是知道冬的秉性
只有闷骚的桂子留下
既然看了夏的狂热
也想看看冬天的无情

至于开在雪地中的梅花么
那时它已经感受到温暖的气韵
悄悄预支给春姑娘的忠诚
只有那位痴痴的傻大个
对它爱得深沉
那一吻
差一点吻掉了整个一生
徒留下几片黄叶
唱一曲挽歌
在落日黄昏中飘零

我把爱情

哪里有无忧无虑地缠缠绵绵
现实的冷酷不会被香艳欺骗
我不喜欢芳草萋萋的温软
我不喜欢轰轰烈烈的野蛮
我理解不了秋风的残酷
一夜间竟肃杀了绿水青山
生活的本质就是平平淡淡
哪来的什么奇遇什么逆转
行道树上那重重叠叠的彩灯
可丰富不了大脑空虚的内涵
我厌倦了鸣蝉反反复复的喧嚣
我恨透了夏天洪水滔滔的凶残
我喜欢上了那个纯洁的世界
白茫茫的大地没有一丝儿污染
于是我抖掉身上的功名利禄
便默默地把爱情许给了冬天

今天有阳光

今天有阳光
心情很舒畅
我去公园散步
我去溪边徜徉
公园的群芳早已凋谢
唯有几株四季桂
在墙角漠然绽放
溪边的柳条
沉重衰老地垂下
谁能想起她当年的袅袅娜娜随风轻扬
有几树光秃秃的海棠
有几株银杏落叶金黄
大妈们沉迷在唱只山歌的狂舞中
而老人则静静地坐在干净的石阶上

岁月真的如此静好
可我仍不敢脱去笨重的冬装
渐渐升起的薄雾如一笼轻纱
我只是感到有冷飕飕的寒冷潜藏

面对

当我面对高山
我感到高山的厚重与深沉
当我面对江河
我感到江河昼夜不停的奔腾
当我面对冬季
严寒却无情地冷透我的神经
当我面对阳光行走
只在我背后留下一串无可奈何的阴影

为什么我常怀愤怒
因为我厌恶那变调山歌的噪杂假声
为什么我只歌颂大地
因为它对我有无私养育的深情

我彷徨地面对一切
即使鲜血淋漓也要睁大我明亮的眼睛

读史

窗关满楼风，凭栏望寒空
四季桂花四季开，哪管是隆冬

早起莫读史，满纸血淙淙
谁个帝王心慈善，心怀天下公

杭州

错过了山色空濛雨亦奇的日子
我又不可能在绿藤荫下铺上歌席
在三秋桂子十里荷花的憧憬中
我只得悠悠然漫步于长长的苏堤
听说灵隐寺非常灵验
在活佛肃穆的金像前我双手合十五体投地
法海方丈何曾管过尘世间的情欲
你看那倒掉的雷峰塔不是又重新矗立
管天管地你管得了别人的私情
管得了灰姑娘在现实中的痛苦哭泣
当你还在为工作仆仆奔忙的时候
哪还有月上柳梢人约黄昏的心情与精力
我在古人的梦里数着古人的六桥
品一色湖光融进万顷绿意盎然的秋季

看西湖的波也如同看小女人的扭捏作态
我最爱泡一壶龙井听江浙糯糯的软语

我与老伴并立于断桥
这也是我们等了千年的一回相遇

为什么

为什么我总感觉到严寒
是因为冬天的太阳不再温暖
为什么别人陶醉在黎明的一瞬
而我却面对阴冷的长夜漫漫
耳朵里总有人反复地唠叨
我们的面前是光辉灿烂
有人在热歌狂舞
而我却感到呼吸困难
我听到劳动者含着眼泪的叙述
听到家庭主妇无奈的抱怨
听到患病者无力的指责
听到退休者对公平的呼唤

我热爱这一方热土
可我老了只能是一声声虚弱的呐喊
即使是热血沸腾的年月
也无力把任何东西改变

如果我能

如果我能
定会抓住冬的脖子
把它流放到非洲大地
然后笼一袖非洲的炎热
洒在寒冷的巴渝
当然不能忘记四川
要送几把炎热过去
我想从此非洲少了酷暑
我们这里么更加美丽
没有寒冷的冬天
只有温暖的春季

闭起眼睛

闭起眼睛
那只是含着眼泪的荒唐

忍看着那群愚蠢的羔羊
高兴地一步步走向屠场
它们不听我暗哑的呐喊
反笑我是忘恩的白眼狼

盼望来一场毁灭的天火
涅槃后飞出重生的凤凰

不要去指望

我们不会指望
将子女拴在身旁
孤独有人相伴
病痛有人探望

我们无能
让她们自己去社会闯荡
她们伤痕累累
我们只能眼泪汪汪
决定不了她们的生活
决定不了她们去向何方
凭什么我们却要将她们的命运
绑在自己的老爷车上

我们可以抱团取暖

携手同行夕阳也不会凄凉

用余力也要扛住负面的闸门

放子女健康快乐地去追求自己的理想

自责行

枫叶不知红过多少次了
如今有幸我又重回故乡

见着了多年的老朋友
依旧笔耕不辍精神健旺
见着了五十年前的学生
相见不识唯有满脸风霜

他们有一个相同的故事
就是伤痛的情节都很长
尽管窗外还散乱着冷雨
我们热气腾腾喜话衷肠

我曾在花园中徜徉
醒来时方知梦一场

它的痕迹随雨又随风
我欲向蓝天展翅飞翔
于是将往昔的点点滴滴
融进我胡乱涂鸦的诗行

告别

人世间也许是千奇百怪
但任凭是谁也不能将我替代
我有着自己的思维
我有着自己的见解
也许尚有那么一点点执拗
无论如何贫乏也绝不会将灵魂出卖

我自个儿常含微笑
带着春天的嘱托走上自己的舞台
我站在那里
不计较别人对我的不理不睬
我站在那里
尽管有人忽略我的存在
我就站在那里呢
那是我的尊严也是我真实的风采

悄悄地我走了

也正如我悄悄地来

挥一挥手说声再见

不带走身边的一片云彩

愚昧

他幸福地愚昧
他为自己的愚昧而感到陶醉
愚昧是愚昧者的权利
你凭什么说他们没有智慧

他含着微笑酣睡
最怨恨别人把它虚幻的美梦搅碎
如果他们一旦醒来
一定会愤怒地指斥你犯下了滔天大罪

所以你过你的明白清醒
他呢坚持着他固有的伦理是非
他们嫉恶如仇甘愿自带生活费
常常主动围攻执有不同意见的非人类
所以世上有了他们

才会有前行的惶惑文明的倒退

我礼赞愚昧

即使他们死亡

眼眶里也满是含着幸福的热泪

我的诗

我的诗未必你喜欢阅读
也许还认为污了你的纯洁双目
我只是感到心中有一股气憋着
只有吐出来才感到心里顺畅舒服
如果你与我的认知大相径庭
你的坚持你的信念
我却认为是陈腐是糊涂
你我都不必因此而愤怒
尝试着能否不谩骂不攻击而和平相处
我目睹你露出婴儿般微笑的酣睡
我会无情的大喊惊起你梦里的幸福
历史绝对不是任人打扮的小姑娘
美丽谎言终究掩藏不了政治的肮脏与人性的残酷
也许这就是我的不对了

竟然让无知的你
因信仰动摇而内心痛哭

所以我的诗不是恰如二月的温柔
而是愤怒的《江河水》，在街头巷尾如泣如诉——

山村雨后印象

经过了炎炎炙烤的酷暑
终于享受着雨后凉爽的舒服
清风替代了闷倦的南风
滋润着田野间烦躁的蛙鼓
连那喜爱高调的鸣蝉
也静悄悄停息在郁郁葱葱的桂树
路旁的李子长得有点青涩
果实累累才成为袖珍的缘故
邻居说随便摘吧
只要别碰断树下绿豆娇嫩的植株
土里那高大的三角竹架
垂挂着一串串如柳丝般的豇豆
金色的南瓜花冒出芳草地
那花心还含着几颗亮晶晶的水珠
门前的黄角兰开得如火如荼
折几支穿一串别上蓝色调的衣服

谁家的大姑娘会走进青纱帐
去无聊地践踏地里轮植的红薯
水田里粗壮的秧苗迎风起舞
提前预祝八月盛夏稻谷的丰收
再也看不见农家袅袅的炊烟了
橙色的天然气管道已接上农家灶头
青草香的空气被雨洗以后
我恨不能大口大口呼吸个够
不知道能不能装它几大罐
作为礼品带回城市馈赠亲友

我伫立山村雨后
目送一行白鹭飞向云山深处

选择

它凋谢了
因为它不适合温暖
它盛开了
因为它喜欢春天

那是它们自己的选择
我不会选择性地点赞

脑袋

脑袋里面装的是什么
是个高深的学问
不过有人信誓旦旦
说里面一半是水一半是面粉
所以他不敢去思考
也不敢去争论
因为他一动脑筋
脑子便会昏昏沉沉
因为他满脑子都成了浆糊
只能是点头要或是人云亦云

我也曾经年轻过

你穿得单薄
我却着装笨拙
我行走颤颤巍巍
你却如风一般快捷利索
你已经在山顶呼喊
我却还踯躅在崎岖的山脚
我声音喑哑
你却能欢乐高歌
你可以游过大江大河
我却连清清的小溪也不能淌过
你可以酣畅淋漓地饮酒
我只能在限量中慢慢浅啜
你能与女友相依相偎你侬我侬
我却只能在回忆中寻找欢乐
你能很快得到答案
我却想不起刚才做了什么

哎　的确老了
岁月在我的脸上刻满了蹉跎
你千万不要嘲笑我现在佝偻的形象
这个老头也曾经年轻过

旧作 | 重刊

不悔少作不忘轻狂日
不撕故纸不焚少年诗

灯火

没有纺织娘轧轧的织布声
没有苦蝉儿慷慨的长歌
没有月亮泻下温柔的关怀
也没有碧天里星星的闪闪烁烁

在诗的路途中
我亮得太晚
也亮得太寂寞
仅仅是标点般大的灯火

尽管如此我仍固执地亮着
让后来者经过这里的时候
不会看不清脚下的坎坷
不会在黑暗中焦灼地摸索

《金城》文艺双月刊 1985.3.4

回赠

你托人带来一捆家乡的女贞树苗
还顺便捎来一纸娟秀的简短附言

我将这千里迢迢的怀念
小心翼翼地栽在门前

爱抚有我明亮的眸子
浇灌有我心底的清泉

当东风送暖的时候
我回赠你一片碧绿的春天

《大众文艺》1984 年 6 月号

芽

没有犹豫
没有顾忌

听到凝冰
第一声碎裂的叹息
便从流散的寒气中
从铁青的枝丫上
发出了第一张
对春天的请帖

《银河》副刊 1984 年 1 月 7 日

盐城的黄昏

暮色用猫的脚步
降落自高高井塔
夕阳无言地
抹高楼缕缕晚霞
旅社性急地
闪烁着色彩的旋律
乳白色的枝形灯
放射出柔和的光华
脚步杂沓匆匆来去的
是轻松而愉快的步伐
不见情侣挽臂街头
不见闲人游追喧哗
多少人匆匆去上夜班
多少人匆匆去上电大
就连那背着包袱的公共汽车

也鸣响着匆匆的喇叭
黄昏匆匆地将盐城
交给明月星光去描画……

《青年作家》1984 年 5 月号

一个孩子在阿富汗

一个孩子在
阿富汗山区
绿色的草坡上
蹦跳着
采摘着野花
一朵朵还挂着
泪水的野花
鸟儿在树上
宛转地歌唱
歌唱自由的白云
悠悠地
飘游蓝天之上
歌唱和煦的太阳
给大地
罩一张金色的网
孩子笑了

动人的眸子里
两点波光
闪烁跳荡
他看见草丛中
躺着一个小姑娘

胖乎乎的小手
黑溜溜的大眼
红胭胭的面庞
呵多可爱呀
你这样躺着
怪难受的呢
我要带你回家
铺一张小床
像我妈妈对我一样
这个孩子
怀着天真
伸出小手去抱她
轰隆一声
小姑娘爆炸了

而这个善良的孩子
倒在血泊之中
一只小手飞向
几米外的小树
挂在枝丫上
手臂炸断处
向小草
向土地
淌着血浆
小鸟惊叫着
飞跑了
又凄惨又悲伤
树林吓呆了
像悲愤的人群
在痛苦思量

医院里
多少个孩子被
这种小姑娘似的塑料炸弹
炸残炸伤

侵略者满以为
这样就能吓住
阿富汗民族的振抗
不——绝不
看吧在孩子们
痛苦的呻吟中
多少个复仇者
把子弹推上枪膛

《作品》1983年7月号

春

道路沉默地思忖着流散的余寒
鹧鸪儿飞到地上又扑棱棱飞入林间

咕咕咕咕温暖的歌声融了残雪
嘀嗒嘀嗒那是冬天哀怨的泪泉

碧绿的麦苗儿刚从雪被下苏醒
便娇柔地倾听着清风不断呢喃

春来了在嫩黄的柳丝上
嘻嘻哈哈地荡着秋千

《新疆文学》1983 年 4 期

易浩后记

读初中时，姐姐十五岁。邻居给姐介绍了一个对象，我代姐姐去相亲。其家四壁空空，唯有半阁楼的文学刊物，那是他哥从南充带回的。于是我沉醉于刊物的诗歌中，因此而同意了姐姐的婚事，谁知因此而误了姐姐一生；

我将那些刊物陆续带回家，坼开分类装订，诗歌则装成几大本。于是对现代新诗有了印象。恰好认识女中的一个同学，于是仿写了一叠爱的东西，寄出。女生的同学私自坼开，从而轰动全校。于是该女生不敢到校，被迫转学；

高中时偶遇一翩翩青年，言说是川报记者，我激动异常，与之交往，邀请到家，困难年头，对于一个农村的家庭来说，猪是唯一珍贵的财产，我们全家却毫不吝啬提前杀年猪而款待之。那时，记者、诗人、作家，在我心目中是神圣而高大的。我多想如他们那样啊。

后来工作时，写诗之风渐成，我开始试作新诗，得到《四川群众文艺》王志杰老师的指教，第一次让文字变成铅字。接到用稿通知，我从藤椅上一蹦而起，抱住妻子一阵狂吻。妻子说，我疯了。于是我狂奔而出，用最快的时间告诉诗友。尔后则四面坐标投稿，三更灯火五更鸡，浑身有用不完的力量。其中我最感动与敬佩的则是《青年作家》的胡笳老师，我寄去的稿件是每篇必复。他，没喝过我一口茶，也没吸过我一支烟，而陆续在刊上发表我的诗作。那是多大的鼓励，多大的欢乐啊。

八几年的时候，《星星诗刊》在乐山开诗会，流沙河老师带了一本台湾诗歌去，永远都记得当时大家都疯了，没想到还有这么美的诗歌，大家排队抄写，女诗人付天琳抢着抄写，一夜未息。

现在已到古稀之年了，这个年代对文学和诗歌似乎都不再那么热血也不再那么信仰了，想想自己的大半生：平缓、琐碎，从没有过戏剧性的高潮，但我永远都记得我曾经年轻过，和年轻时候有过的梦想。

退休之后，既无旅游远足之好，又无麻将娱乐之瘾，只好独坐阳台，读诗以自娱，写诗以自乐，不知不觉几近千首。我是怎么写就怎么想，怎么想就怎么写，既无发表之追求，也无名利之欲望，更无摧眉折腰之自觉，不拘一格，随心而已。

常将这些在微信中发给朋友看看，居然得到太多的鼓励与夸赞。犹以小女不辞辛苦，为之搜集整理，也许有点太晚了，但也许永远都不晚。

最后还需补充一句，我读书时的名字叫易延祥，工作时的名字叫易浩，笔名叫易山，网名在北京时叫亦易在成渝时叫天亦老。都不过只是符号而已。